DEXTER
Superchien

Protecteur de la planète

DEXTER

Superchien

Caralyn Buehner
Illustrations de **Mark Buehner**

Texte français de Marie-Andrée Clermont

Éditions
■SCHOLASTIC

**À la mémoire de
Roger Buehner,
un héros**

Catalogage avant publication de Bibliothèque et Archives Canada

Buehner, Caralyn
Dexter, superchien / Caralyn Buehner;
illustrations de Mark Buehner;
texte français de Marie-Andrée Clermont.

Traduction de : Dex.
Pour les 4-8 ans.

ISBN 978-0-545-99545-0

I. Buehner, Mark II. Clermont, Marie-Andrée III. Titre.

PZ23.B827De 2007   j813'.54   C2007-902728-8

5 4 3 2 1   Imprimé au Canada   07 08 09 10 11

Dexter est un petit chien. Il a de petites pattes, une petite queue et un petit corps. On dirait un saucisson monté sur quatre boulettes de viande.

Dexter est si petit qu'il passe souvent inaperçu. Pendant les parties de poursuite, les autres chiens se lassent d'attendre qu'il les attrape et, après un certain temps, ils oublient de l'inviter à jouer avec eux. Personne ne semble vraiment le remarquer. Sauf Clovis, le matou, quand il veut démontrer qu'il peut se tenir par-dessus Dexter sans même lui ébouriffer le poil.

Oui, tout chez Dexter est petit, sauf ses rêves : il veut devenir un HÉROS!

Ah oui! il s'y voit déjà!

LE FORMIDABLE DEXTER S'ENVOLE DANS LA NUIT BLEUE ET ÉTOILÉE...

Mais vouloir être un héros et en être un pour de vrai sont deux choses bien différentes. Dexter se contente de rêver… jusqu'au jour où, après avoir rampé de sous Clovis encore une fois, il décide que la vie doit bien pouvoir lui offrir un peu plus que la contemplation du ventre d'un chat.

« Je suis sûr que j'en suis capable, se dit-il. Si je veux devenir un héros, eh bien, je le peux! »

Dexter se met donc au travail. Il dévore toutes les bandes dessinées de superhéros qui lui tombent sous la patte. Il regarde tous les films de héros qu'il peut dénicher. Il passe des heures à la bibliothèque.

IL ÉTUDIE AVEC FRÉNÉSIE, SACHANT QUE CELA NE TIENT QU'À LUI…

Dexter se doute bien qu'un héros doit avoir
de gros muscles. Il lui faut de l'exercice, beaucoup d'exercice.
Le petit chien prend donc l'habitude de trotter chaque matin
jusqu'au coin de la rue et de revenir. Il saute par-dessus toutes
les fissures du trottoir.

Redoublant d'efforts, il escalade la montagne de sacs à ordures. Il se hisse, et HOP! franchit le sommet, redescend de l'autre côté, puis refait le chemin en sens inverse. Jour après jour, il s'entraîne, du matin jusqu'au soir. Avant de se coucher, même s'il ne songe qu'à s'affaler sur le tapis, la langue pendante, Dexter se force à exécuter cinq exercices de plus.

LE FORMIDABLE DEXTER MAINTIENT LA CADENCE, BRAVANT LE VENT ET LA PLUIE, L'ORAGE ET LA FATIGUE ...

Même quand une pointe de vitesse jusqu'au coin de la rue (aller et retour!) devient plus facile, Dexter continue ses exercices. Le voilà maintenant qui traîne une chaussette remplie de sable! Et puis deux! Lorsque Clovis s'ennuie et vient se mettre en travers du trottoir pour lui bloquer la voie, Dexter s'aplatit et file sous le matou sans même s'arrêter. Il est bien trop occupé pour laisser ce chat le déranger.

Dexter est fatigué et a mal partout. Il travaille tellement fort qu'il en oublie presque la raison. Mais un soir, alors qu'il se traîne vers son lit après une dernière série de pompes, il s'arrête devant le miroir et fait quelques flexions. Et tout à coup, voilà qu'il les sent! Il peut même les voir! Ses muscles!

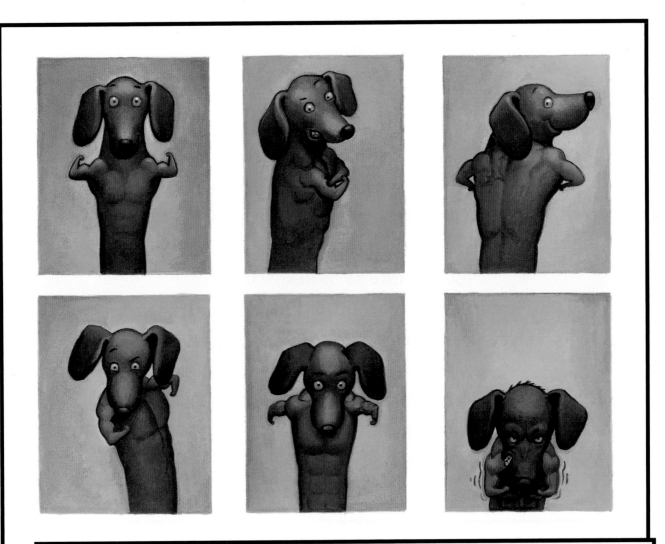

PLUS VITE QU'UNE BALLE DE TENNIS, PLUS ROBUSTE QUE LE CUIR LE PLUS CORIACE, IL FRANCHIT D'UN SEUL BOND LES CLÔTURES LES PLUS HAUTES!

Dexter ne se contente plus de monter les escaliers : il grimpe les marches quatre à quatre! Il saute par-dessus les bornes fontaines et survole la bordure du trottoir. Il franchit la montagne d'ordures sans même en effleurer le sommet! Il file comme le vent; il a l'impression d'avoir des pattes à ressorts!

Il ne lui manque qu'une seule chose.

Un petit paquet brun lui est enfin livré.

Dexter a tôt fait de déchirer l'emballage.

C'est son costume de HÉROS! Une combinaison rouge, assortie d'une cape d'un beau vert chatoyant. Ça lui va comme un gant! Dexter se sent merveilleusement bien; il se trouve très beau et adore la sensation que lui procure son habit.

Le voilà prêt.

AVEC LE COURAGE D'UN LION, LA FORCE D'UN OURS ET LE CŒUR D'UN HÉROS...

Lorsque Dexter sort dans la rue, arborant son costume pour la toute première fois, il jette un regard aux alentours. Il remarque un chiot qui essaie de traverser la chaussée. Dexter ne fait ni une ni deux et passe à l'action!

— Je peux t'aider? demande-t-il.

Il guide le chiot aux yeux exorbités à travers la chaussée. Et lorsque celui-ci le dévisage, tout ébahi, Dexter lui sourit de toutes ses dents.

— C'est Superchien! s'écrie le chiot.

SUPERCHIEN. Voilà un nom qui sonne bien aux oreilles de Dexter.

Bien sûr, quand Clovis aperçoit Dexter, il ne peut s'empêcher de faire un commentaire :

— Hé, Dex! c'est où, la mascarade?

Clovis en rajoute encore lorsqu'il croise de nouveau Dexter, quelques jours plus tard.

— Regardez-moi ça, vous autres! lance-t-il à la ronde. Ma foi, ça doit être l'Halloween! Quelqu'un aurait des bonbons pour Dex?

Dexter est si occupé qu'il réussit, tant bien que mal, à faire la sourde oreille. La seule fois où le rouge lui monte au nez, c'est quand il entend le matou crier :

— Dis-moi, où donc as-tu déniché ce déguisement?

« Clovis ne voit-il rien que mon costume? » se demande notre héros.

Le gros matou n'est-il pas capable de comprendre que le costume n'est qu'une façon de faire savoir aux gens que lui, Dexter, est là pour rendre service?

Voyez cette souris qu'il attrape avant qu'elle ne tombe dans l'égout,

et ce voleur de sac qu'il réussit à neutraliser!

Il répare le tuyau d'arrosage de son voisin;

il retrouve un chaton perdu,

empêche un rat de toucher
à un fil sous tension,

repère un porte-monnaie égaré,

éteint un feu dans une poubelle,

et organise un grand nettoyage dans le quartier.

Dorénavant, chaque fois que quelqu'un a besoin d'aide, il fait appel à Dexter... et celui-ci n'a jamais été aussi heureux.

Ce soir-là, il se fait déjà tard lorsqu'on frappe très fort à la porte. En allant ouvrir, Dexter a l'impression que le quartier au grand complet jappe et miaule de panique. Tout le monde crie en même temps :

— C'est Clovis qui est coincé dans un arbre! Vite, Dex, dépêche-toi!

Dexter hausse les sourcils de surprise. Clovis n'est pourtant pas de nature à bouger au point de se mettre dans le pétrin.

En un éclair, Dexter est habillé et prêt à l'action.

OH LÀ LÀ! LA SITUATION EST VRAIMENT DÉSESPÉRÉE...

En se rapprochant, Dexter aperçoit Clovis. Le gros matou a pourchassé un écureuil jusqu'au sommet d'un arbre, mais il a glissé et le voilà suspendu à une branche toute frêle. Il ne tient plus que par une griffe et miaule à qui

OH, NON!

— Je vais tomber! hurle Clovis. Au secours!

Fouillant les alentours des yeux, Dexter cherche désespérément un objet

quelconque qui lui permettrait de grimper. Il ne voit ni boîte ni échelle. Pas

— Allez, tout le monde, pas de temps à perdre! s'écrie-t-il. J'ai une idée!

Dexter bondit sur une extrémité de la balançoire à bascule qui est à côté de l'arbre, et la fait descendre jusqu'au sol.

— Hop! tout le monde, montez à l'autre bout! ordonne-t-il. Un! Deux! Trois!!!!

Tous ensemble, les animaux sautent sur l'autre extrémité de la balançoire, catapultant Dexter dans les airs. Il survole la foule, ses oreilles et sa cape flottant derrière lui...

LE FORMIDABLE DEXTER S'ENVOLE DANS LA NUIT BLEUE ET ÉTOILÉE...

Dexter réussit à agripper la branche voisine de celle où Clovis est suspendu. En deux temps trois mouvements, il enlève sa cape et en attache les quatre coins aux pattes du chat qui hurle de plus belle.

— Saute, Clovis! crie Dexter. Allez, saute!

SU-PER-CHIEN!

SU-PER-CHIEN!

Clovis lâche prise, en poussant un cri perçant. La cape se gonfle à la manière d'un parachute et dépose sur le sol le matou tout penaud. Sous les acclamations de la foule en délire, Dexter descend de l'arbre en se laissant glisser jusqu'à terre.

SU-PER-CHIEN!

SU-PER-CHIEN!

Il est couvert de bleus et épuisé. Mais il oublie la douleur en apercevant Clovis qui s'approche de lui, encore empêtré dans la cape verte.

— Merci, Dex. C'est vrai que tu es un héros!

Dexter se sent tellement bien! « Jamais je ne pourrai être plus heureux! » se dit-il.

Mais il se trompe car, dès le lendemain, il se produit quelque chose qui ajoute encore à son bonheur. Clovis se dandine jusqu'à lui et lui chuchote à l'oreille :

— Dis donc, Dex, est-ce que je pourrais être ton partenaire?

Dexter examine le gros matou sous toutes les coutures et sous tous les poils.

« Hum! se dit-il, je vais devoir le faire travailler pas mal fort, ce Clovis, pour le transformer en héros. Ah! ce que j'ai hâte! »

— Bien sûr! répond Dexter avec un sourire. Bien sûr!

AVEC DEUX FOIS PLUS DE CERVELLE ET TROIS FOIS PLUS DE MUSCLES, NOS DEUX HÉROS FONCENT TÊTE BAISSÉE, TOUJOURS PRÊTS À TENDRE UNE PATTE SECOURABLE!